Clara y el conejo de Pascua

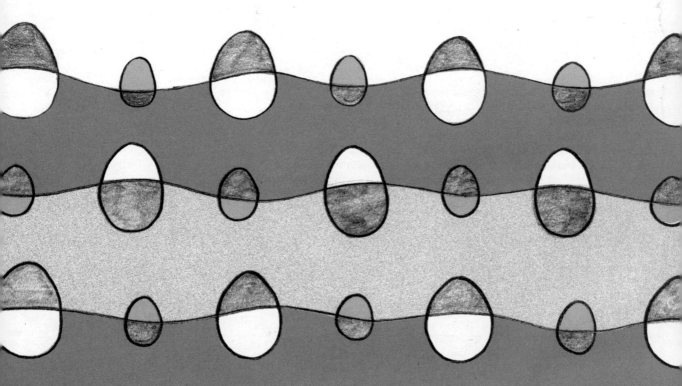

KUMQUAT

Para Juan, Segundo, y mi sobrina Clarita.

Si este libro se perdiera,
como suele suceder,
suplico al que lo encuentre
que lo sepa devolver.
Y si no sabe mi nombre,
aquí lo voy a poner:
es de..
Que a la escuela va a aprender.

Queda hecho el depósito que previene la Ley 11.723
Texto © 2005 Alejandra Longo / Edición y realización © 2005 Kumquat
Ilustraciones © 2005 Claudia Degliuomini / Diseño Andrés Sobrino.
Todos los derechos reservados de acuerdo con las convenciones
internacionales de derechos de autor / Prohibida su reproducción
y/o utilización total o parcial, en cualquier forma o por cualquier medio,
electrónico o mecánico, incluyendo fotocopiado, grabación o cualquier otro
sistema de almacenamiento electrónico de información, sin autorización
previa por escrito.
Primera edición / Impreso en Argentina en Latingráfica
Ediciones Kumquat, Buenos Aires, Argentina / Septiembre 2005
Email: kumquat@kumquat.com.ar
www.kumquat.com.ar
ISBN 987-21791-4-X

Longo, Alejandra.
Clara y el conejo de pascua / María Alejandra Longo ; ilustrado por Claudia Degliuomini.
- 1a ed. – Buenos Aires : Kumquat, 2005.
32 p. : il. ; 20x25 cm.

ISBN 987-21791-4-X

1. Narrativa Infantil Argentina. I. Degliuomini, Claudia, ilus. II. Título
CDD A863.928 2

Alejandra Longo

ilustrado por
Claudia Degliuomini

diseño
Andrés Sobrino

KUMQUAT

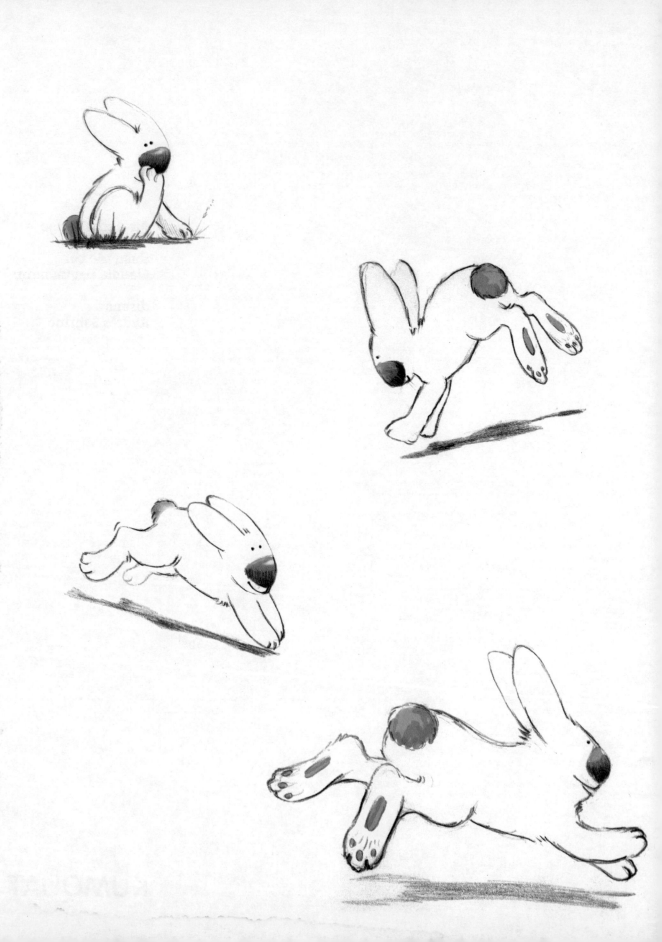

**Tipi es un conejo
alegre y travieso.**

Kili Piki Wini Lili Bini Disi Zizi

**Tipi tiene ocho hermanos;
es el más pequeño de una gran familia.**

**Su mamá y su papá están muy
orgullosos de todos ellos.**

Tipi

Papi   Mami

**El día de Pascua, su mamá le dijo:
—Tipi, este año es muy especial porque
si quieres, puedes convertirte en un
verdadero conejo de Pascua.**

—¿Yo? ¿Un conejo de Pascua de verdad? ¡Claro que quiero! ¿Qué hay que hacer? —preguntó Tipi.

—Ven conmigo y te lo explicaré.

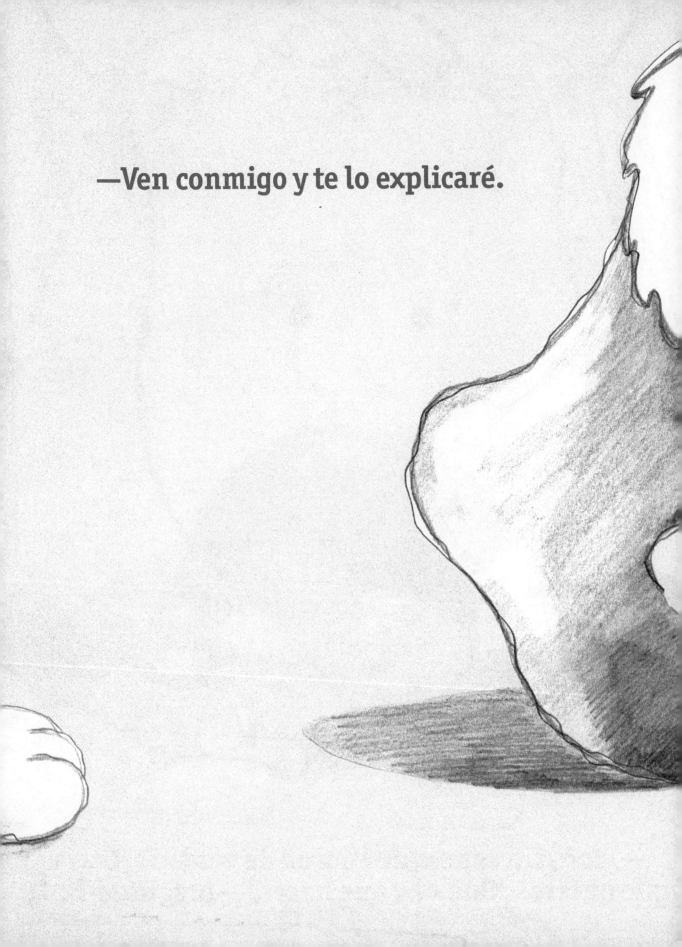

—Tienes que ir a las casas de los niños y dejar un huevo de chocolate escondido en cada jardín.

—¿Eso es todo? ¡Qué fácil! —dijo Tipi.

—Sí —contestó su mamá—, pero lo más importante es que tienes que repartirlos todos antes del mediodía.

Tipi le aseguró que cumpliría con su deber, se despidió de sus hermanos y se fue muy contento.

Salió temprano y escondió un huevo grande de chocolate en el jardín de Juan.

Luego fue al jardín de Lisa y le dejó otro.
Así, visitó muchas casas del vecindario.

Cuando ya había repartido la mitad de los huevos,
decidió descansar un ratito debajo de un árbol.
¡Pero... se quedó dormido!

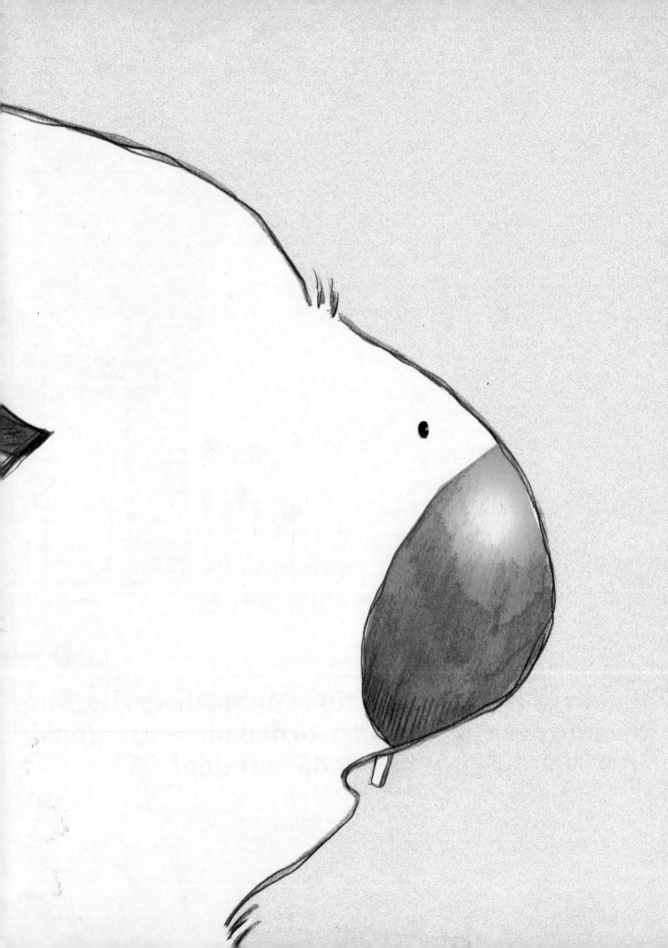

Una voz muy dulce le despertó:

—Hola, me llamo Clara —dijo una niña—. ¿Eres el conejo de Pascua? A mí me gustan mucho, pero mucho, MUCHO, muchísimo los chocolates.

—Hola, yo soy Tipi. Todavía no soy un conejo de Pascua, pero si consigo repartir todos los huevos antes del mediodía... ¿Sabes qué hora es?

—¡Son casi las doce!

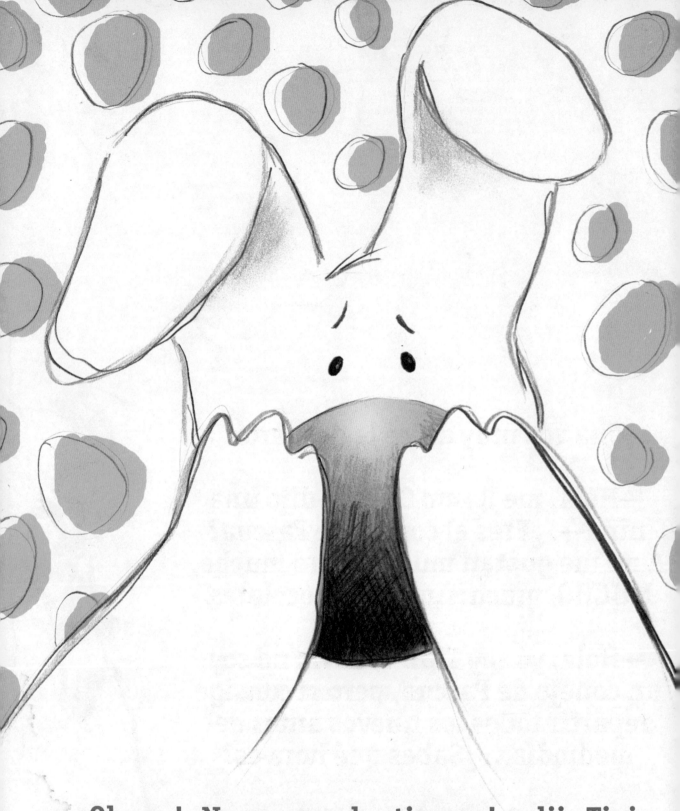

—¡Oh, no! ¡No me va a dar tiempo! —dijo Tipi
muy preocupado.

—No te preocupes —dijo Clara—, yo te ayudaré.
Mi mamá siempre dice que entre dos, las tareas
son más fáciles.

Clara y Tipi pusieron manos
a la obra.

Y entre los dos, consiguieron repartir todos los huevos que faltaban justo a tiempo.

los huevos que había jugado durante

Cuando terminaron, Tipi sacó de su canasta
el huevo más grande y más lindo de todos y
se lo dio a Clara.

—Gracias por tu ayuda —le dijo—. Este es para ti.

—¡Muchas gracias! —dijo Clara—. ¡Es fantástico!
¿Me dejas que te ayude todos los años?

—¡Claro que sí! —contestó Tipi—. Trato hecho.
Pórtate bien y el año que viene nos volvemos
a encontrar.

Y así fue como Tipi se convirtió en un verdadero
conejo de Pascua. Y, todos los años, reparte
huevos de chocolate a los niños del barrio junto
a su nueva ayudante, Clara.